Gulliver Taschenbuch 297

Yak Rivais, geboren 1939, ist Lehrer, Künstler (Ausstellungen seiner Bilder und Karikaturen in Paris, Frankfurt, München, Brüssel, Montreal) und Schriftsteller und unternahm viele Reisen, u.a. nach Ägypten, Indien, Nepal, Kenia und in die ehemalige UdSSR. Er veröffentlichte insgesamt mehr als 50 Romane und Erzählungen, vor allem für Kinder.

Yak Rivais

Fiffi und die Hexe

Aus dem Französischen von
Bernhard Koppe

BELTZ
& Gelberg

»Je hässlicher eine Hexe ist, desto boshafter ist sie.«
Zauberer Merlin

Gulliver Taschenbuch 297

Programm Beltz & Gelberg, Weinheim

Die Originalausgabe erschien unter dem Titel
Mouche et la sorcière bei l'école des loisirs
Einband und Reihenkonzeption von Federico Luci
Einbandbild von Yak Rivais
Gesetzt nach der neuen Rechtschreibung
Gesamtherstellung Druckhaus Beltz, 69494 Hemsbach
ISBN 3 407 78297 7
1 2 3 4 5   02 01 00 99 98

Fiffis Eltern gingen jeden Tag zur Arbeit. Mittwochs* war sie darum immer allein zu Haus. Bevor die Eltern die Wohnung verließen, vergaßen sie nie, ihre kleine Tochter eindringlich zu ermahnen. »Vor allem, Fiffi«, sagte Mama, »mach niemandem die Wohnungstür auf!«

* In Frankreich haben Kinder mittwochs keine Schule

»Nein, Mama!«
»Keinem Verkäufer, keinem Briefträger, keinem Meinungsforscher, keinem Handwerker«, fügte Papa hinzu, »keinem Einbrecher – überhaupt niemandem, dessen Beruf mit *er* endet!«
»Nein, Papa!«
»Und was das Wichtigste ist«, sagte Mama mit Nachdruck, »mach niemals der alten Hexe aus dem Nachbarhaus auf!«
»Nein, Mama!«
Die Eltern waren zufrieden. Sie nahmen ihre Taschen und den Regenschirm und gingen los, nachdem sie die Tür doppelt hinter sich abgeschlossen hatten.
Durch das Schlüsselloch riefen sie noch: »Fiffi! Häng die Kette vor!«
»Ja, Mama! Ja, Papa! Auf Wiedersehen, Mama! Auf Wiedersehen, Papa!«
Fiffi blieb allein in der Wohnung zurück. Jeder nannte sie Fiffi, weil sie so pfiffig war wie ein schlauer Fuchs. Manchmal neckte der Vater sie: »Fiffi, du bist ein richtiger Pfiffikus!«
Oder, wenn sie zuviel plapperte: »Fiffi, heute pfeifst du so viel wie eine Eisenbahn!«
Mit einem Wort, Fiffi und ihre Eltern waren

lustige Leute. Aber die Hexe im Nachbarhaus, Nr. 85, war gar nicht lustig. Sie war ein altes Scheusal und ärgerte sich, dass sie das Haus Nr. 87 nicht betreten konnte. Dessen Haustür ließ sich nämlich nur mit einer Geheimnummer öffnen und die kannte sie nicht. Ausgerechnet in diesem Haus wohnte so ein leckeres, kleines Mädchen, während es in Nr. 85 niemanden gab, den sie gern verschlungen hätte! Jede Nacht

grübelte die Hexe, wie sie in das verbotene Haus hineinkommen könnte.
Eines Morgens sprang sie mit einem Freudenschrei aus dem Bett: »Ich hab's!«
Sie tanzte im Zimmer herum und trat mit ihren Pantoffeln nach Abfällen auf dem Fußboden. Die Hexe glaubte nämlich, dass Aufräumen Unglück bringt. In ihrer Aufregung vergaß sie so-

gar ihre Morgentoilette (ein kurzes Eintauchen in eine Badewanne voll Moderwasser, das sie seit ihrem Einzug in die Wohnung im Jahr 1925 nicht mehr erneuert hatte). Stattdessen machte sie sich unverzüglich daran, in einem großen Kessel eine geheimnisvolle Mixtur anzurühren. Auf dem Kamin hockte eine Eule und sah ihr bei der Arbeit zu.

Während sie rührte, grölte die Hexe aus vollem Hals:

»Abrakadabra! Das wird ein Schmaus!
Das leckere Kind aus dem Nachbarhaus,
gehackt, mit Ketchup und Sauerkraut,
fress ich es auf mit Haar und Haut!«

Aus der brodelnden Mixtur stieg lila-grasgrüner Dampf auf. Die Hexe füllte eine Flasche davon ab. Damit ging sie aus der Wohnung zum Dach-

boden, öffnete eine Dachluke, schwang sich hinaus und lief auf dem Dach zum Nachbarhaus hinüber.
»Ran an die Arbeit!«, rief sie.
Die Hexe hatte gleich die Fernsehantenne von Haus Nr. 87 gepackt. Um diese Zeit, das wusste sie, war Fiffi allein zu Hause und sah sich bestimmt die Kindersendung im Ersten Programm an.
Zufrieden rieb sie sich die Hände: »Gleich hab ich sie! Gleich kann ich sie fressen!«
Von neuem wollte sie tanzen und wäre beinahe umgefallen. Schnell griff sie wieder nach der Antenne und hielt sich daran fest.
»Das ist jetzt wirklich nicht der Moment, sich das Genick zu brechen!«, brummte sie.
Dann zog sie den Korken aus der Flasche. Ein widerlicher, roter Dampf stieg daraus empor. Die Hexe lachte, beugte sich über die Antenne und goss ein bisschen von der klebrigen Flüssigkeit darauf. Dann verschloss sie die Flasche wieder.
Unten im Haus tanzten die Bilder des Ersten Programms plötzlich Rock 'n' Roll. Sie verzerrten sich, sie zappelten und schließlich erschien

ein schrecklicher, grüner Drache mit Schuppen und einem riesigen Maul auf der Mattscheibe.
Fiffi lag auf dem Sofa und knabberte Erdnüsse.
»Was ist denn das für ein komisches Tier!«, rief sie. »So einen Hund hab ich noch nie gesehen!«
Sie nahm die Fernbedienung und schaltete auf ein anderes Programm um.
Doch damit hatte die Hexe gerechnet. Oben auf dem Dach zählte sie langsam bis hundert: »94 – 97 – 92 – 100.«

Dann machte sie die Flasche wieder auf und goss noch einmal etwas von dem giftigen Inhalt auf die Antenne. Beim Verschließen lachte sie hämisch.
Unten in der Wohnung tanzten die Bilder des Zweiten Programms Walzer. Sie drehten sich und drehten sich und – schwupp! – war da plötzlich ein dicker, gelber Teufel mit großen Hörnern zu sehen.
»Der ist aber scheußlich!«, rief Fiffi. »Der sieht ja aus wie ein Ziegenbock, der Gelbsucht hat!« Sie schaltete wieder um.
Doch auch das hatte die Hexe oben auf dem

Dach vorausgesehen. Sie zählte bis hundert: »93 – 96 – 95 – 100.« Dann goss sie noch etwas von der verhexten Flüssigkeit auf die Antenne und zählte weiter.

Sie wusste, dass die Bilder des Dritten Programms auf dem Bildschirm jetzt Lambada tanzten, was die Hexe übrigens »Lambadada« nannte. Sie mochte nämlich den Tanz bei ihren Ausritten auf dem Hexenbesen selber gern.

Auf dem Bildschirm tauchte ein Ungeheuer mit fünf Köpfen auf. Das Mädchen fragte sich, was

das für ein Vogel sei, und drückte auf die Fernbedienung, um ihn loszuwerden.
Die Hexe zählte zu Ende: »99 – 98 – 100.«
Sie besprühte die Antenne noch einmal und wieder spielten die Bilder verrückt. Grausige Vampire bevölkerten den Bildschirm. Das Mädchen schaltete wieder um, aber die Hexe goss einfach noch etwas von der Mixtur auf die Antenne. Das wiederholte sie so oft, bis nur noch ein Fernsehkanal übrig blieb.
Als sie sicher war, dass das Mädchen nun dieses Programm ansehen musste und nicht mehr umschalten konnte, schüttete sie den Rest der Flasche aus und erschien selbst im Fernseher. Vorsorglich hatte sie eine Maske mit dem Gesicht einer Fernsehansagerin aufgesetzt, damit Fiffi sie nicht erkennen konnte. Fiffi war auch wirklich froh, endlich wieder ein normal aussehendes Gesicht vor sich zu haben.

»Ach!«, sagte sie. »Die kenne ich doch von irgendwoher.«
So sind die Leute: Lieber sehen sie sich etwas an, das sie schon kennen, als sich auf etwas Neues einzustellen.
Da fing die Hexe auch schon zu sprechen an. Sie hatte die Säuselstimme einer bekannten Ansagerin eingeübt und sprach mit gespitzten Lippen, wobei sie die Worte eigenartig betonte.
Das klang etwa so: »Gu-hten Ta-hg, mein Liebling. Möh-chtest du an ei-hnem Wettbewe-hrb tei-hlnehmen?«
»Na klar, gern«, antwortete Fiffi. Sie glaubte mit der Ansagerin zu sprechen und hatte darum keine Angst. Unbeeindruckt knabberte sie ihre Erdnüsse.
»Also«, sagte die maskierte Hexe, »ich we-hrde dir eine ganz leichte Fra-hge stellen. Wenn du sie ri-hchtig beant-

wo-hrtest, hast du gewo-hnnen und ich nehme Ketchup und koche und fre ... Verzeihung! Ich wollte sagen: Dann ha-hst du ein Fa-hhrrad gewonnen!«

»Stark! Was für ein Fahrrad?«
»Ein Fa-hhrrad mit Rä-hdern.«
»Stark! Aber was für eine Sorte? Ein gewöhnliches? Ein Rennrad? Ein Mountainbike?«
Die Hexe wurde ärgerlich, konnte sich aber beherrschen und antwortete: »We-hlches du mö-hchtest, mein Lie-hbling.«
»Prima! Ich will ein Mountainbike, das so groß ist!«
»Ei-hnverstanden.«
»Es soll rot sein, mit einer Klingel dran.«
»Ei-hnverstanden.«

Langsam wurde die Hexe ungeduldig. Sie machte eine ärgerliche Handbewegung und wechselte das Thema: »Und jetzt wollen wir spie-hlen! Hie-hr ist die Fra-hge: Welche Gehei-hmnummer hat das Hau-hstürschloss von Nr. 87?«
»Was?«
»Bist du taub, du dummes Luder?«, knurrte die Hexe und fiel dabei in ihre natürliche Stimme zurück.
Doch dann säuselte und lispelte sie umso süßer: »We-hlches ist die Gehei-hmnummer von der Hau-hstür Nr. 87?«
»Nr. 87?«
»Ja! Da, wo du-h wohnst. Du mu-hsst sie doch kennen … mein Lie-hbling!«
»Ja, aber …«
»Beeil dich mit der Antwort, du …«, regte sich die Hexe auf, beruhigte sich aber gleich wieder: »Wenn du ein Mou-hntainbike gewinnen willst.«
»386 G«, antwortete Fiffi. »Was für ein Theater um so eine leichte Frage! Soll i…«
Hui! Schon war die Hexen-Ansagerin vom Bildschirm verschwunden. Sie war wieder auf das Dach geklettert und rieb sich jubelnd die Hände.

Und – hui! – sang sie vor Freude, als sie sich durch die Dachluke zwängte. Und – hui! – stürmte sie die Treppe ihres alten Hauses hinunter und auf die Straße zum Nachbarhaus.
Das Mädchen hatte gar nicht mehr den Wunsch aussprechen können, dass die Klingel links an der Lenkstange ihres Mountainbikes befestigt sein sollte, als es schon – klingeling! klingeling! – an der Wohnungstür läutete.
Draußen stand die Hexe, ganz außer Atem. Nachdem es ihr gelungen war, mit Hilfe der Geheimnummer die Haustür zu öffnen, war sie die Treppe zur Wohnung ihrer Beute im ersten Stock hinaufgestürmt.
»Wer ist da?«, fragte Fiffi.
Die Hexe sprach wieder mit der süßen Stimme. Sie war immer noch als Fernsehansagerin verkleidet und bewegte beim Antworten die Gummilippen der Maske: »I-hch bin es, die Fe-hrnsehansagerin Ali-hce; ich komme und bri-hnge dir das Fa-hhrrad, mein Lie-hbling …«
»Das ist ja wirklich stark!«
Das Mädchen schaute durch den Türspion. Schließlich hatten die Eltern ihr verboten, unbekannten Leuten die Tür zu öffnen.

Die Person draußen auf dem Flur war jedoch kein Verkäufer, kein Handwerker, kein Briefträger, kein Meinungsforscher und auch kein Einbrecher. Sie hatte keinen Beruf, der mit *er* endete: Sie war eine Fernsehansager*in* – und nicht etwa ein Ansag*er*!
Also schloss Fiffi auf, nahm die Sicherheitskette ab und öffnete die Tür.

»Guten Tag«, sagte sie, »wo ist denn mein Fahr…«

Sie kam nicht dazu, mehr zu sagen, denn – hui! – stürzte die Hexe wie eine Furie in die Wohnung und steckte das Mädchen in einen großen Sack, den sie mit einer Schnur zuband.

»He! Was machst du da, Alice?«, schrie das Kind.

Die Hexe lachte höhnisch. Sie sang und zog dabei die Maske vom Gesicht:

»Abrakadabra! Das wird ein Schmaus!
Das leckere Kind aus dem Nachbarhaus,
gehackt, mit Ketchup und Sauerkraut,
fress ich es auf mit Haar und Haut!«

Sie machte kehrt und lief mit dem großen Sack über der Schulter aus der Wohnung hinaus. Die Treppe hinunter ging es langsamer, weil das Mädchen schwer war.

»He!«, protestierte das Kind in dem Sack. »Wo schleppst du mich denn hin?«

Schliesslich hatte sie verstanden, dass es die Hexe aus Nr. 85 war, die sie gefangen hatte. Die widerliche Alte holperte die Treppe so hinunter, dass

Fiffi auf ihrem Rücken völlig durchgeschüttelt wurde. Die Hexe keuchte unter ihrer Last.
Als sie unten an der Haustür ankam, fluchte sie voll Wut: »Verdammt! Die Tür ist wieder zu!«
Sie wusste nicht, dass man, um die Tür von innen zu öffnen, nur auf den Schalter neben der Hausmeisterwohnung drücken musste.

Wie ein Hund knurrte sie: »RRR! RRR! Wie war bloß die verteufelte Geheimnummer?«
Sie ließ den Sack auf den Boden fallen (aua!) und versuchte die Tür aufzudrücken. Sie beugte sich vor, betrachtete das Schloss, richtete sich dann wieder auf und tobte: »386 G! 386 G! 386 G!«
Das war zwar die Geheimnummer, aber die Tür ging nicht auf. Wie wild stieß die Hexe mit dem Fuß gegen die Tür.
Als Fiffi klar wurde, dass diese dumme Kuh nicht wusste, wie die Tür zu öffnen war, beruhigte sie sich und rief, um die Hexe zu ärgern: »Du blöde Hexe! Zum Rausgehen nützt dir die Geheimnummer gar nichts! Du kannst nicht entwischen!«
»RRR! RRR!«, schrie die Hexe wütend. »Hölle und Teufel!« Wütend stampfte sie mit dem Schuhabsatz auf den Boden und blies grauen Rauch aus den Nasenlöchern und ihre Haare sträubten sich.
Sie ging wieder zum Sack zurück, beugte sich darüber und schrie: »RRR! Sag mir, wie ich hier rauskomme, oder ich verwandle dich in eine Kröte!«
»Gar nichts sage ich dir!«, erwiderte Fiffi. »Und

von wegen in eine Kröte verwandeln! Das kannst du ja gar nicht ohne deinen Besen!«
Da hatte sie Recht! Die Hexe war nur mit dem Sack gekommen. Und ohne Zauberbesen konnte sie niemanden verwandeln.
»RRR! RRR!«, zeterte sie. »Sag mir, was ich mach-chen muss! Sag mir, was ich mach-chen muss!«
Sie versetzte dem Mädchen im Sack Fußtritte und gab gleichzeitig ein fürchterliches Geheul von sich: »Sag mir, was ich mach-chen muss! Sag mir, was ich mach-chen muss!«

»Aua! Aua!«, schrie Fiffi.
Der Lärm schreckte die Hausmeistersfrau auf.
Sie öffnete ihre Wohnungstür und schaute auf den Flur.
»Was'n hier los?«, fragte sie. »Was machen Sie'n da?«
»Halt die Klappe!«, fuhr die Hexe sie an.
»Hilfe!«, rief Fiffi laut. »Helfen Sie mir, Frau Costa!«

»Wer ruft'n da?«, fragte die Hausmeistersfrau verwundert und runzelte die Stirn.
»Halt die Klappe und hau ab, solange ich hier bin!«, schimpfte die wütende Hexe.
»Hilfe, Frau Costa, Hilfe! Ich bin's, Fiffi! Ich steck in dem Sack von der Hexe! Hilfe!«
»Was steckt'n da in'm Sack?«, wollte die Hausmeistersfrau wissen, die jetzt doch misstrauisch wurde. Sie versuchte an den Sack heranzukommen.
Die Hexe wiederum zog den Sack hinter sich, um ihn zu verbergen. »Lassen Sie mich in

Ruhe!«, fauchte sie. »Kümmern Sie sich um Ihren eigenen Kram!«
»Was is'n in'm Sack?«, fragte die Hausmeisterin energisch. »Lass'n Se mal seh'n, was in'm Sack is!« Sie ging um die Hexe herum.
Die wich zurück und schleppte den Sack zur Treppe. »RRR! Lassen Sie mich in Ruhe! Lassen Sie mich in Ruhe!«
»Ich will'n Sack seh'n! Zeig'n Se mir'n Sack oder ich ruf de Polizei!«
»Verdammt! Auch noch die Polizei!«, tobte die Hexe statt einer Antwort.
»Helfen Sie mir, Frau Costa!«, rief Fiffi, was ihr eine ganze Serie von Fußtritten einbrachte.

»Halt's Maul, verfluchte Göre!«, schrie die Hexe.
Die Hausmeistersfrau hielt es für sicher, dass in dem Sack wirklich das Mädchen aus dem ersten Stock steckte.
Sie zog einen großen Schlüssel aus der Tasche, drehte ihn zweimal im Schloss der Haustür um und sagte: »Es is verbot'n, kleine Mädchen aus dem Haus in 'nem Sack wegzuschleppen! Jetzt ruf ich de Polizei!« Sie ging zum Telefonieren in ihre Wohnung zurück.

Die Hexe war außer sich vor Ärger. Wie hatte sie nur den Besen vergessen können! Sonst hätte sie die Hausmeisterin einfach in einen Frosch verzaubert.

In ihrem Sack fing Fiffi zu jubeln an: »Juhu! Die Polizei wird die Hexe fangen – ha! Die Polizei wird sie ins Gefängnis stecken – haha!«

»Ruhe!«, heulte die Hexe.

Sie hörte, wie die Hausmeistersfrau am Telefon um Hilfe bat: »Hallo! De Hexe aus Haus Nr. 85 versucht gerade, 'n kleines Mädchen aus Haus Nr. 87 zu entführ'n! Kommen Sie schnell her!«

Die Hexe stöhnte laut auf: »RRR! RRR! RRR!«

Die Hausmeisterin hängte den Telefonhörer ein.

Die Hexe hörte sie zurückkommen. Außer sich vor Wut warf sie sich den Sack auf den Rücken, schlurfte zur Treppe und stieg schimpfend wieder nach oben. Doch da sie schwer beladen war, hatte die Hausmeisterin sie im Nu eingeholt. Mit beiden Händen packte sie den Sack. Die Hexe kam aus dem Gleichgewicht und musste stehen bleiben. Sie drehte sich um und umklammerte den Sack, den die Hausmeisterin ihr zu entreißen versuchte. Wie Würfel in einem Wür-

felbecher wurde Fiffi in dem Sack hin und her geschüttelt.
Die Hexe fluchte und stieß entsetzliche Verwünschungen aus, aber die mutige Hausmeisterin ließ sich davon nicht einschüchtern. »Gib den Sack her, du abscheuliche Hexe!«
Plötzlich hörte man die Sirene eines Polizeiautos. Mit einem Schrei der Wut und Enttäuschung ließ die Hexe den Sack los und stürmte mit großen Schritten die Treppe hinauf. Da sie

das Haus nicht durch die Tür verlassen konnte, musste sie über das Dach fliehen.

Frau Costa befreite das Kind aus dem Sack, tröstete es und ging den Polizisten entgegen, die an die Haustür trommelten.

Währenddessen rannte die böse Hexe schon über das Dach, kehrte durch die Dachluke in ihre Wohnung zurück und schloss sich darin ein.

Die Polizisten trauten sich nicht, die Hexe aufzusuchen.
Das war nur zu verständlich, hatte sie doch jetzt ihren Besen wieder. Vielleicht hätte sie die Männer verzaubert, zum Beispiel in Hühner. Seit diesem Abenteuer war Fiffi viel vorsichtiger, was das Fernsehen anbelangte. Wenn eine Ansagerin Fragen stellte, für deren Beantwortung man ein Skateboard gewinnen konnte oder eine Puppe, die Pipi macht, dann knabberte Fiffi ruhig an ihren Erdnüssen und antwortete nicht. Das war sowieso recht brav, weil man niemals mit vollem Mund sprechen soll.

Unsere Tochter wird groß und vernünftig«, sagten die Eltern.
Sie gingen wie immer zur Arbeit und waren weiterhin nicht zu Hause, wenn Fiffi mittwochs schulfrei hatte.
Bevor sie die Wohnung verließen, ermahnten sie sie wie üblich: »Mach niemandem die Wohnungstür auf!«
»Nein, Mama!«
»Keinem Verkäufer, keinem Briefträger, keinem

Meinungsforscher, keinem Handwerker«, fügte der Vater hinzu, »und keinem Einbrecher! Einfach keinem Menschen, dessen Beruf mit *er* endet!«

»Nein, Papa!«

»Auch nicht Alice!«

»Nein, Papa!«

»Und was das Wichtigste ist», sagte die Mutter mit Nachdruck, »lass niemals das böse, alte Weib von einer Hexe rein, das nebenan in Nr. 85 wohnt!«

»Natürlich nicht, Mama!«

Mit dieser Antwort waren die Eltern zufrieden. Leider wussten sie nicht, dass die böse Hexe noch keineswegs aufgegeben hatte und erst vor wenigen Tagen in eine Mansardenwohnung im obersten Stockwerk des Hauses eingezogen war, in dem sie selbst wohnten. Die Wohnung hatte sie mit Gold gekauft, das sie herstellte, wenn sie gerade nichts Besseres zu tun hatte. Sie gab sich als würdige, alte Dame aus. Und da sie sich seit ihrem Einzug verkleidet hatte, wurde sie von niemandem erkannt. Jeder hielt sie für eine freundliche Oma … Aber sie täuschten sich alle!

Als Fiffi eines Morgens vom Einkaufen zurückkam und gerade die Haustür hinter sich zumachte, hörte sie vom obersten Stock eine heisere Stimme: »RRR! Beim dreischwänzigen Teufel: Geh auf!«
Vor Überraschung erstarrte das kleine Mädchen. Diese Stimme kam ihr allzu bekannt vor: Das

war doch die menschenfressende Hexe! Aber wen herrschte sie da so an?

»RRR! Beim dreischwänzigen Teufel: Fahr mich ins Erdgeschoss!«

Fiffi versteckte sich schnell und leise wie ein Mäuschen hinter den Mülltonnen unter der Treppe. Sie hörte, wie der Aufzug brummend nach unten fuhr. Sie hörte, wie er im Erdgeschoss anhielt, und dann wieder die Stimme der Hexe (aber nicht so laut wie vorher, weil das böse Weib noch in der Aufzugskabine steckte):

»RRR! Beim dreischwänzigen Teufel: Geh auf!«

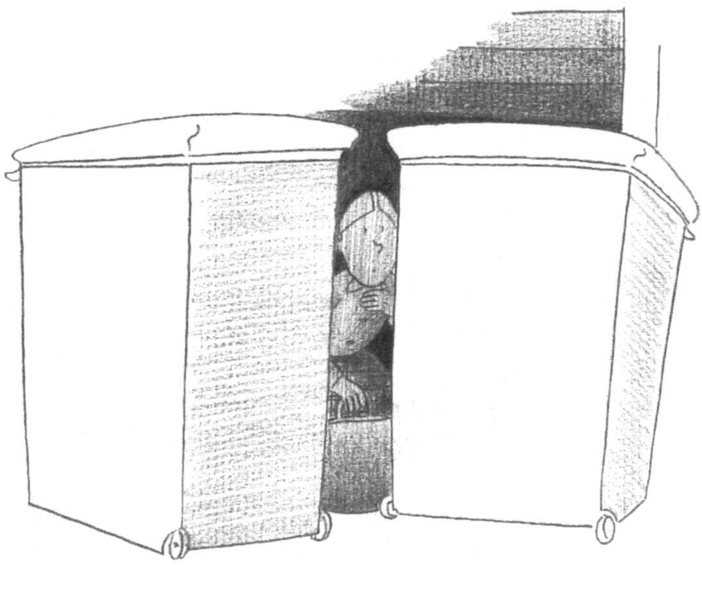

Die Aufzugstür ging auf. Das Mädchen wusste nun, dass Maschinen der Hexe aufs Wort gehorchten! Fiffi kauerte sich noch tiefer hinter den Mülltonnen zusammen.
Die Hexe murmelte vor sich hin, als sie aus dem Aufzug kam: »Diesmal krieg ich sie! Sie wiegt leicht fünfundzwanzig Kilo, die Göre! Mit Ketchup und Sauerkraut schmeckt ihr Fleisch bestimmt köstlich!«
Fiffi zitterte vor Angst.
Die Hexe ging zur Haustür und öffnete sie. Mittlerweile war ihr vertraut, dass man dazu nur auf den Knopf zu drücken brauchte. Sie trat aus dem Haus und sang dabei ihr schreckliches Lied:

»Abrakadabra! Das wird ein Schmaus!
Das leckere Kind aus dem Nachbarhaus …«

Der Rest des Gesangs wurde vom Straßenlärm verschluckt. Doch die kleine Fiffi hatte natürlich verstanden, von wem hier die Rede war: von ihr! Nach wie vor war die böse Hexe also hinter ihr her und Fiffi musste unbedingt weiter

auf der Hut sein! Sie lief schnell in die Wohnung und schloss die Tür hinter sich ab.
Kaum hatte sie den Schlüssel umgedreht, als jemand an die Wohnungstür klopfte. Zum Glück hatte sie nicht vergessen, die Sicherheitskette vorzuhängen.
»Wer ist da?«, fragte Fiffi.
»Ich bin's, deine Großmutter. Ich bringe euch Kuchen und eine Flasche Wein«, knarrte draußen eine Stimme.
Das war natürlich die Hexe. Die alte Ziege hatte wahrscheinlich gestern Abend »Rotkäppchen« gelesen und sprach einfach die Worte des Wolfs nach. Sie hoffte wohl, dass der Trick auch bei Fiffi klappte. Doch die ließ dieses Theater kalt.
»Das ist aber nett, Oma«, sagte sie, ohne die Tür zu öffnen. »Was möchtest du denn?«
»RRR! Dass du mir sofort aufmachst!«, fauchte die Hexe unfreundlich, gab sich aber schnell wieder liebenswürdig und fügte hinzu: »Ach … ich möchte euch Kuchen und Wein bringen, verstehst du?«
»Gut«, sagte das Mädchen. »Ich mach die Tür einen Spalt weit auf und strecke meinen Arm raus. Dann kannst du mir ja alles geben.«

»Ja, ja!«, äußerte sich die Hexe zufrieden. Dabei dachte sie natürlich: Wenn die Göre ihren Arm durch den Türschlitz steckt, beiß ich hinein wie in ein Butterbrot!
Fiffi machte also die Tür etwas auf, ohne die Kette abzunehmen. Dann schob sie einen Gummihandschuh, den sie über einen Besenstiel gestülpt hatte, durch den Spalt. Die Hexe stürzte sich darauf, riss wie ein Menschenfresser ihr Maul auf und biss – happ! – kräftig hinein!

Sofort stieß sie ein wütendes Geheul aus und flüchtete: Drei Zähne hatte sie sich ausgebissen!
Fiffi lachte und schloss die Tür schnell wieder zu, denn sie war sich sicher: Die kommt bestimmt wieder!
Tatsächlich ließ die Hexe nicht lange auf sich warten. Und wäre Fiffi nicht so vorsichtig gewesen, dann hätte sie die Alte vielleicht gar nicht erkannt.
An der Tür klopfte es nämlich leise und von draußen hörte Fiffi die Stimme von ihrem Freund Max: »Fiffi! Kommst du raus zum Spielen?«
»Ja …«, hätte sie fast geantwortet. Doch dann fiel ihr ein, dass Max Masern hatte. Da ging doch was nicht mit rechten Dingen zu! Ein Blick durch den Türspion bestätigte ihr: Im Treppenhaus versteckte sich die Hexe in einer Ecke. Sie hatte die Stimme von Max nachgemacht!
»So eine blöde Kuh!«, murmelte Fiffi. Dann aber rief sie laut: »Klar, Max! Ich komme gleich! Wart unter dem Fenster auf mich. Meine Eltern haben mir doch verboten, die Tür aufzumachen!«

Die Hexe knurrte ärgerlich: »RRR! Die sind doch gar nicht da, da brauchst du ihnen auch nicht zu gehorchen!«
Fiffi tat so, als sei sie das Muster eines gehorsamen Kindes. »Ach nein, Max«, sagte sie. »Ich tue immer, was meine Eltern mir sagen!«
Die Hexe wurde wütend: »RRR! RRR! Niemand gehorcht seinen Eltern, wenn sie nicht da sind! Komm schon raus!«
»Aber nein, Max, das wäre ja gar nicht brav!«,

widersprach das schlaue Mädchen. »Ich gehorche meinem Papa und meiner Mama *immer*!«
Die Hexe stampfte mit dem Fuß auf: »Du kleine Ratte! RRR! RRR!«
»Was sagst du da?«, fragte Fiffi scheinheilig.
Die Hexe wurde sofort wieder friedlich: »Ach, nichts. Ich meinte, dass ich auf dich warte …«
»Also gut, Max, ich komme gleich!«, sagte Fiffi. »Geh schon mal runter und warte unter dem Fenster auf mich! Wir werden viel Spaß miteinander haben!«
Als die Hexe dieses Versprechen hörte, grinste sie hämisch und rieb sich die Hände. Mit der Stimme von Max rief sie: »RRR! Gut! Ich warte unter dem Fenster auf dich! Aber beeil dich!«
Sie dachte nur an ihre Beute und übersah vollständig, dass Fiffi doch im ersten Stock wohnte. Schnell rannte sie die Treppe hinunter.
»Ich komme gleich!«, rief Fiffi ihr nach.
Dann lief sie in die Küche und füllte dort eine große Schüssel mit Wasser. Mit der Schüssel lief sie zum Fenster und öffnete es. »Max, bist du schon da?«, rief sie.
»Ja, gleich!«, antwortete die Hexe, die gerade aus dem Torbogen des Hauseingangs gerannt

kam. Sie glaubte, dass Fiffi heruntherspringen wollte, und breitete die Arme aus, um sie aufzufangen. Genau damit hatte das Mädchen gerechnet. Sie kippte das Wasser aus der Schüssel über der Hexe aus und rief dabei: »Fang mich doch, wenn du kannst!«

Platsch! – da war die Hexe total durchnässt. Sie tropfte, nieste und spuckte: Sauberes Wasser konnte sie auf den Tod nicht ausstehen! Um ihre Füße bildete sich eine große Pfütze.

Fiffi jubelte lauthals und lehnte sich über das Fensterbrett: »Wenn du noch mehr Wasser haben willst, du altes Scheusal: Am Wasserhahn gibt's jede Menge Nachschub!«

Die Hexe stampfte mit den Füßen auf und schlug

mit den Fäusten gegen die Hauswand. Jämmerlich hingen ihr die Haare vom Kopf und der alte Hut war völlig aufgeweicht. Die Leute auf der Straße machten einen Bogen um sie, denn sie schüttelte sich wie ein nasser Hund. Plötzlich machte sie kehrt und ging zum Haus zurück.
Fiffi schloss vorsichtshalber das Fenster. Sie lachte, aber sie konnte nicht glauben, dass die Hexe die Partie aufgeben würde.
An der Wohnungstür war ein leises Kratzen zu hören. Fiffi näherte sich auf Zehenspitzen. Ein

feines »Miau« begleitete das kratzende Geräusch.
Was hat sie sich nun wieder ausgedacht?, fragte sich Fiffi. Aber auf ihre plumpen Tricks falle ich bestimmt nicht rein! Sie spähte durch den Spion auf den Treppenabsatz und war überrascht, keine Hexe zu sehen, sondern ein niedliches, weißes Kätzchen, das sich scheinbar verlaufen hatte.
»Bist du süß!«, rief Fiffi mitleidig. »Warte, Kätzchen, ich hole Milch für dich!«
Sie löste die Kette und öffnete die Tür vorsichtig. Das Kätzchen lief herein und gab ein fürchterliches Lachen von sich. Fiffi fiel es wie Schuppen von den Augen: Sie hatte einen Fehler gemacht!
»RRR! Diesmal krieg ich dich, du Rotznase!«, brüllte die Hexe, die sich in das Kätzchen verwandelt hatte und nun wieder ihre ursprüngliche Gestalt annahm.
Mit einem Satz floh Fiffi durch die Diele in das Schlafzimmer ihrer Eltern. Die Hexe hinterher. Keine Zeit mehr, die Tür zuzumachen! Die Hexe sprang auf das Bett! Fiffi warf sich zur Seite, um ihren langen, krallenartigen Fingern zu entkommen. Die Hexe drehte sich um und knallte die

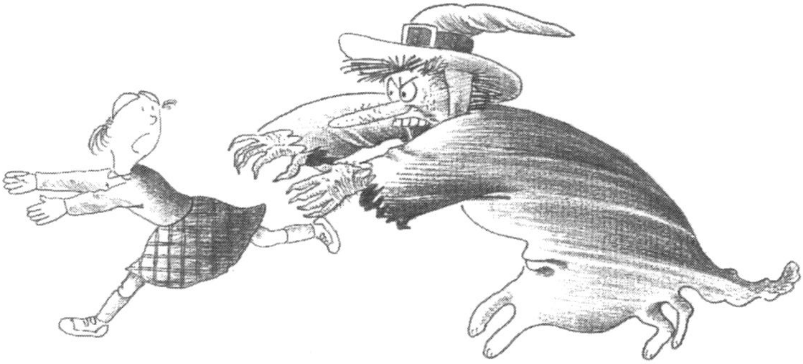

Tür zu, um dem Mädchen den Fluchtweg zu versperren. Fiffi nutzte die Chance, ohne zu zögern. Husch!, riss sie den großen Kleiderschrank der Eltern auf, sprang hinein und zog die Schiebetür hinter sich zu. Sie kuschelte sich tief in die Kleider und Mäntel ihrer Mutter.

Jetzt schrie und schimpfte die Hexe, denn sie hatte nicht gesehen, wie ihre Beute im Kleiderschrank verschwunden war. Überall schnüffelte sie herum: »RRR! Ich finde dich schon, du Rotznase! Wenn du glaubst, du könntest dich verstecken und mir entwischen, dann irrst du dich! RRR! RRR! Hast du geglaubt, hinter der verschlossenen Wohnungstür in Sicherheit zu sein? Dabei solltest du doch wissen, dass ich mich in alles verwandeln kann, was ich will! RRR! Ich werde dich verschlingen!«

Die Hexe suchte unter dem Bett, in der Kommode, hinter jedem Möbelstück. Sie kam immer näher an den großen Kleiderschrank heran, der die ganze Wand verdeckte. Dabei murmelte sie vor sich hin: »RRR! Eine Hexe hat Macht über alles! RRR! Ich hab viel Sauerkraut gekauft, ich will es mir schmecken lassen! RRR!«

Vor dem Kleiderschrank blieb sie stehen und schnüffelte. »RRR! Hier riecht's nach lebendigem Fleisch! Bestimmt hat sie sich in dem Schrank versteckt!« Einen Augenblick lang zögerte die Hexe, denn der breite Schrank hatte vier Schiebetüren. Dann schob sie mit einem Ruck eine davon auf.

Im selben Moment warf Fiffi ein langes Kleid ihrer Mutter über den Kopf der Alten, zog es mit einem Griff nach unten und verknotete die Ärmel. Das alte Scheusal zappelte in dem Kleid, blind wie eine Puppe. Fiffi sauste blitzschnell aus dem Zimmer. Schnell! Durch die Diele! Schnell! Durch die offene Tür ins Treppenhaus! Sie wollte die Treppe hinunterlaufen und aus dem Haus fliehen. Doch würde die Hexe nicht gerade damit rechnen? Fiffi hielt

einen Augenblick inne und stieg dann ganz leise die Treppe nach oben. Hinter dem Aufzugsschacht kauerte sie sich mucksmäuschenstill auf eine Stufe und hielt den Atem an. Es war höchste Zeit!

Die Hexe hatte inzwischen das Kleid zerrissen und konnte sich wieder frei bewegen. Sofort machte sie sich an die Verfolgung und schrie: »RRR! RRR! Wo ist diese Rotznase? Wo ist sie?«

Sie stürmte aus der Wohnung, schäumte vor Wut und kreischte mit gellender Stimme: »RRR! Wo ist sie? Die Rotznase soll mir nicht wieder entkommen!«

Sofort blickte sie zur Treppe, die nach unten führte. »RRR! Sie ist bestimmt aus dem Haus geflohen«, kreischte sie. »Dann werde ich sie eben abfangen, wenn sie zurückkommt!«

Sie befahl dem Aufzug, seine Tür zu öffnen, und stellte sich in den Fahrstuhl.

Fiffi war überzeugt, dass die Hexe sich dort auf die Lauer legen und auf sie warten würde. Auf Zehenspitzen schlich das listige Mädchen deshalb zum zweiten Stock hinauf und drückte dort auf den Aufzugsknopf. Dann lief sie lautlos wieder nach unten, während sich die Aufzugstür automatisch

hinter der Hexe schloss und der Aufzug nach oben fuhr. Die überraschte Hexe schimpfte: »RRR! RRR! Warte! Beim dreischwänzigen Teufel: Wo fährst du mich denn hin?«
Der Lift surrte unbekümmert aufwärts und Fiffi rannte so schnell wie möglich in den ersten Stock und in ihre Wohnung. Sie hatte kaum die Sicherheitskette vorgelegt, als die Hexe auch schon wieder erschien.
Voller Wut darüber, dass Fiffi sie hereingelegt

hatte, trat sie mit den Füßen gegen die Tür: »RRR! Mach auf, du Rotznase! RRR! Mach auf oder ich drücke die Tür ein!«
»Bei meinem Ringelschwanz, nein, nein und noch mal nein!«, rief Fiffi wie das schlaue Schweinchen in der Geschichte vom Wolf und den drei kleinen Schweinchen.

Die Hexe nahm Anlauf und warf sich mehrmals mit großer Wucht gegen die Tür. Die aber war stabil und gab nicht nach.
Fiffi lachte und machte sich über ihre Feindin lustig: »Blöde Hexe! Scher dich doch zum Teufel!«
»RRR! Dich krieg ich noch, du Rotznase! Dich krieg ich noch!«
»Ich mach die Tür nie wieder auf!«, erwiderte Fiffi. »Niemandem! Da kannst du dich hundertmal in ein Kätzchen verwandeln!«
»RRR! Ich habe mehr als einen Trick auf Lager!«
»Ich auch!«
»RRR! Aber ich kenne mehr als du!«, heulte die Hexe.
Fiffi beobachtete sie durch den Türspion. Auf dem Treppenabsatz lief die Hexe jetzt im Kreis herum und murmelte dabei mit leiser Stimme vor sich hin: »Die Göre ist wirklich gerissen! Aber ich werde mein Großes Schwarzes Buch des Grauens befragen! Es sollte mich wundern, wenn darin nicht steht, wie ich sie fangen kann!«
Darauf stieg sie in die Aufzugskabine ein und sagte: »RRR! Beim dreischwänzigen Teufel: Fahr mich in den fünften Stock!«

Dort war sie ja zu Haus, neben dem Dachboden. Der Aufzug schloss sich und fuhr nach oben. Fiffi hätte am liebsten ihre Mama oder ihren Papa angerufen, aber wahrscheinlich würden sie nicht gern bei der Arbeit gestört werden. »Ich muss eben allein mit ihr fertig werden«, entschied sie.

Und ebenso wie vorhin die Hexe, fing nun auch sie an, im Kreis herumzulaufen und zu überlegen, wie sie sich weiter wehren könnte: »Wenn diese scheußliche Frau ihr Großes Schwarzes Buch des Grauens zu Hilfe nimmt, kann sie sehr gefährlich werden! Also muss ich ihr das Buch wegnehmen!«

Auf Zehenspitzen ging Fiffi aus der Wohnung, schloss die Tür zu und stieg ganz leise die Treppe hinauf. Die Hexe hatte sich gerade in ihrer Mansardenwohnung eingeschlossen, wo sie wilde Schreie ausstieß. Fiffi schlich vorsichtig an

der Tür vorbei und versteckte sich auf dem Dachboden. Dort blieb sie und wartete. Durch die Wand hörte sie, wie die Hexe in ihrer Wohnung hin und her lief und dabei ständig Verwünschungen ausstieß.

Schließlich verließ das Scheusal seinen Unterschlupf und befahl der Wohnungstür: »RRR! Beim dreischwänzigen Teufel: Geh auf!«

Fiffi hörte, wie sich die Tür öffnete. Dann erklang wieder die Stimme der Hexe: »RRR! Beim dreischwänzigen Teufel: Geh wieder zu!« Die Tür der Mansarde ging zu.

Offensichtlich war die Hexe inzwischen gut gelaunt. Bestimmt hatte sie herausgefunden, wie sie das Mädchen fangen konnte. Sie stürmte zum Aufzug: »RRR! Beim dreischwänzigen Teufel: Fahr mich runter zu der Rotznase!« Der Aufzug knarrte und fuhr nach unten.

Fiffi verließ ihr Versteck und stellte sich schnell vor die Wohnungstür der Hexe. Der Augenblick war günstig: Die Alte war fortgegangen und der Aufzug machte so viel Lärm, dass niemand hören konnte, wie Fiffi das Knurren der alten Giftnatter nachahmte: »RRR! Beim dreischwänzigen Teufel: Geh auf!«

Und die Tür öffnete sich wirklich! Fiffi lief in die Mansardenwohnung. Drinnen war es unheimlich und sie hatte große Angst! Ihr Herz schlug wie wild.

Im Zimmer gluckerten auf Tischchen und Regalen bunte Flüssigkeiten in merkwürdigen Glasgefäßen vor sich hin. Ab und zu zischte unheimlicher, stinkender Dampf aus ihnen empor. In großen Einmachgläsern schwammen Hände, ja sogar Köpfe! Von den Wänden grinsten schreckliche Bilder. Auf dem Fußboden wühlten Mäuse und Käfer im Abfall und in einer Ecke stand ein Totenkopf!

Von einem altertümlichen, mit geschnitzten Ungeheuern verzierten Schrank blinzelte eine dicke Eule mit gelben Augen das Kind an und schrie:

»Huh-huh-huh! Du darfst hier nicht reinkommen!«

»Sei still, Mondgesicht!«, flehte Fiffi, die sich in ihrer Haut gar nicht wohl fühlte.

»Huh-huh-huh! Ich werde es meiner Herrin sagen!«

Fiffi zitterte. Sie hatte Angst, die Hexe könnte zurückkommen, und drehte sich schnell zur Tür um. Dabei sah sie die Zaubergeräte im Zimmer: den Besen, den großen Kessel – und das Große Buch des Grauens. Es war völlig schwarz und uralt und der Einband war mit geheimnisvollen Zeichen geschmückt. Es lag auf einem Pult, das die Form eines Adlers mit drohend ausgebreiteten Flügeln hatte. Es war aufgeschlagen, Rauch stieg daraus empor. Fiffi lief hin, klappte es zu, nahm es vom Pult (es war so schwer wie ein dickes Lexikon!) und flitzte mit einem Satz zum Ausgang …

Es war auch höchste Zeit!
»Huh-huh-huh! Du Diebin!«, schrie die Eule. Die Hexe war nämlich gerade wieder auf dem Weg zu ihrer Wohnung. Weil sie das Mädchen nicht zu Hause angetroffen hatte, kochte sie vor Wut und schrie den Aufzug böse an: »RRR! Beim dreischwänzigen Teufel: Fahr mich zum fünften Stock!«
Mit dem Großen Schwarzen Buch des Grauens unterm Arm rannte Fiffi die Treppe hinunter,

während der Aufzug in der Gegenrichtung nach oben fuhr.
Die schreckliche Hexe stieg aus. Sofort fiel ihr auf, dass während ihrer Abwesenheit jemand in ihrer Wohnung gewesen war, denn die Tür stand offen. Wie sie da gleich aufjaulte: »RRR! RRR! Meine Tür! Wer hat die Tür aufgemacht?«
»Huh-huh-huh!«, schrie die Eule. »Die Göre!«
Da stieß die Hexe einen schrecklichen Schrei aus. Sie roch im Treppenhaus den Rauch aus dem Großen Schwarzen Buch des Grauens und hörte die Schuhe der kleinen Diebin auf den Stufen klappern. Ohne eine Sekunde zu verlieren, machte sie sich an die Verfolgung und nahm dabei immer drei Stufen auf einmal.
Fiffi hätte nie geglaubt, wie gelenkig diese höllische Alte war! Als sie die Hexe hinter sich herunterpoltern hörte, bekam sie eine Riesenangst, dass sie noch eingeholt und gefangen werden könnte, denn es war noch weit bis zur sicheren Wohnung. »Mama!«, rief sie voller Angst.
Aber Fiffi, das kleine Mädchen, war nicht nur mutig und unerschrocken, sondern auch schlau, und sie verlor ihre Kaltblütigkeit nicht.
Mitten im Laufen kam ihr ein Gedankenblitz:

Sie riss – ritsch-ratsch! – einfach eine Seite aus dem Großen Schwarzen Buch des Grauens heraus und ließ sie hinter sich auf die Treppe fallen! Eine kostbare Seite! Sehr kostbar! So kostbar, dass es so kam, wie sie gehofft hatte: Als die Hexe die ausgerissene Seite auf den Boden schweben sah, blieb sie auf der Stelle stehen!

Voller Empörung zeterte sie lauthals los, hob das Blatt auf und strich es mit größter Vorsicht glatt: »RRR! Hölle und Teufel! Das Große Schwarze Buch des Grauens! RRR! Diese Rotznase hat vor nichts Respekt! RRR! RRR! Sie hat Seite 138 ausgerissen. So ein Miststück! RRR!«

Behutsam streichelte die Hexe die Seite. Fiffi konnte indessen ihren Vorsprung vergrößern. Doch da sie voraussah, dass die Verfolgung weitergehen würde, riss sie noch eine Seite aus dem Buch heraus. Diese zerfetzte sie in kleine Schnipsel und warf sie so in die Luft, dass sie wie Schmetterlinge herumflatterten und schließlich überall verstreut auf dem Boden landeten.

Die Hexe war wieder weitergelaufen. Mit einem herzzerreißenden Schrei entdeckte sie die kleinen Schnipsel, die noch in der Luft schwebten: »RRR! RRR! Jetzt hat sie sogar eine Seite zerrissen! So ein Mistvieh! Überall liegen Schnipsel herum! RRR!«

Sie heulte und seufzte und verlor viel Zeit mit dem Aufsammeln der verstreuten Schnipsel. Außerdem gelang es ihr nicht, die Seite wieder zusammenzusetzen. Sie konnte sich nicht erinnern, welche Zeichen nach oben oder unten,

nach links oder rechts gehörten. Ohnmächtig vor Wut schlug sie mit den Fäusten auf die Treppe. Dann breitete sie die Schnipsel auf einer Stufe aus und versuchte sie wie ein Puzzle zusammenzusetzen.
Als sie eine Tür zufallen hörte, gab sie ihre Bemühungen auf: Das Mädchen hatte die Wohnung der Eltern erreicht und sich darin verbarrikadiert. Voller Zorn stopfte die Hexe die Schnipsel in die Tasche und lief den Rest der Treppe hinunter.
Außer sich vor Wut trommelte sie an die Türe.

»RRR! RRR! Mein Buch! Du Diebin! Gib mir das Große Schwarze Buch des Grauens wieder!«
»Nein!«, rief Fiffi aus ihrem sicheren Versteck heraus. Sie war von der Flucht noch ganz außer Atem.
Die Hexe zischte drohend: »RRR! Gib mir das Buch wieder oder ich rufe die finsteren Mächte der Hölle zu Hilfe und drücke die Tür ein!«
»Hau ab, du alte Giftschlange!«
Die Hexe ließ ein teuflisches Knurren vernehmen. Durch den Türspion sah Fiffi, wie sie die

Fäuste ballte, ihre Ellenbogen anwinkelte, sich aufblies und versuchte eine Zauberformel zu sprechen.

»Beim dreischwänzigen Teufel: Ich werde mich in einen Drachen verwandeln und Feuer gegen die Tür spucken, bis sie brennt!«, schrie sie und unter ihren Fingernägeln sprühten Funken hervor. Sie drehte sich schneller und schneller um

sich selbst und spuckte dabei grünlichen Schaum aus. Sie kauerte sich zusammen und machte einen großen Buckel. Ohne Zweifel war sie gerade dabei, sich in einen Drachen zu verwandeln, aber … was war jetzt los?

Plötzlich brach die Verwandlung ab. Die Hexe schloss ihre Augen, schlug sich an die Stirn und stöhnte. Fiffi hörte sie knurren: »Verdammt! Das Zauberwort, zum Teufel! Das Zauberwort!«

Die böse Hexe hatte die Zauberformel vergessen. Sie drehte sich um und wollte nach oben laufen, um sie in ihrer Wohnung nachzulesen. Aber sie war noch keine drei Schritte gegangen, als ihr ihre Lage klar wurde und sie mit einem lauten Schrei anhielt: »Mein Buuuch!«

Fiffi verstand: Ohne ihr Großes Schwarzes Buch des Grauens konnte die Hexe nicht mehr zaubern.

Vor der Tür stampfte die Hexe mit den Füßen auf den Boden. Sie lief grün an, dann gelb, dann rot, dann blau! Sie spuckte Kröten und aus ihren Nasenlöchern pufften farbige Dampfwolken. Wie eine Feuerwehrsirene heulte sie: »RRR! RRR! Du Diebin! Gib mir das Große Schwarze Buch des Grauens zurück!«

»Nein!«
Die Hexe trommelte mit den Fäusten gegen die Tür. Sie rüttelte an ihr, konnte sie aber nicht eindrücken, denn die Eltern hatten die Tür verstärken lassen. Fiffi lag auf dem Fußboden und nutzte die Zeit, um das geheimnisvolle Schwarze Buch anzuschauen.

Es sah wie ein Lexikon aus. Auf den Seiten standen alle möglichen Rezepte in flammenden Buchstaben geschrieben. Ganz unheimlich war das anzusehen! Wenn man eine Seite aufschlug, funkelten die Zauberformeln. In alphabetischer Reihenfolge flackerten und rauchten sie vor Fiffis Augen. Zuerst suchte das Mädchen die mit BUCH bezeichnete Seite und las dort:

Großes Schwarzes Buch des Grauens: Das ist das Buch mit den Zauberrezepten. Ohne ihr Schwarzes Buch verliert eine Hexe ihre magischen Kräfte, wenn sie nicht alle Formeln auswendig weiß.

Unten auf der Seite stand noch ein Hinweis:

Wer keine Hexe ist, darf das Große Schwarze Buch des Grauens nicht länger als vierundzwanzig Stunden behalten! Achtung! Gefahr!

Schnell machte das Mädchen das verräucherte Buch zu. Durch die Tür kam nun kein Hexengeschimpfe mehr. Stattdessen hörte Fiffi die Alte seufzen und mit leiser, liebenswürdiger Stimme bitten: »Gib mir bitte das Schwarze Buch wieder … Gib mir das Schwarze Buch zurück und ich suche dir einen Märchenprinz als Mann …«
»Auf den pfeife ich«, sagte Fiffi. »Ich will gar keinen Prinz heiraten. Wenn ich groß bin, heirate ich Max …«
»Gib mir mein Großes Buch zurück!«, flehte die Hexe. »Und ich verspreche dir, dass ich nicht mehr versuche dich zu fressen …«
»Wirklich? Und wie lange willst du dein Versprechen halten?«, wollte Fiffi wissen.

»Mindestens eine Woche«, versicherte die Hexe. Dann kam ihr dieses Angebot doch etwas zu kleinlich vor und sie beeilte sich hinzuzufügen: »Einen Monat! Ein Jahr, wenn es dir lieber ist! Ach, ich werde dich dein ganzes Leben lang nicht mehr fressen wollen!«

Fiffi beobachtete die Alte durch den Türspion. Sie sah, wie sie ihr Gesicht zu einer Grimasse verzog und leise vor sich hin murmelte. Von den Lippenbewegungen glaubte sie ablesen zu können: »RRR! Der große Luzifer soll mich verschlingen, wenn ich mein Versprechen halte!«

Fiffi war überzeugt, dass die gierige Hexe nie den Appetit auf sie verlieren würde. Zum Schein ging sie jedoch auf den Vorschlag ein: »Schon gut. Ich werde über dein Angebot nachdenken.«

»Beim dreischwänzigen Teufel! Du gibst mir also mein Buch zurück?«, rief die Hexe voll Hoffnung.

»Vielleicht morgen«, antwortete Fiffi.

Mit ihrem Schuhabsatz ließ die Hexe einen Funkenschwarm vom Boden aufstieben. Aber da Fiffi das Große Schwarze Buch hatte, konnte sie wirklich nichts gegen das Mädchen unternehmen. Also lenkte sie lieber ein. »Morgen gibst du es mir zurück, Ehrenwort?«, vergewisserte sie sich.

»Ja, ja«, sagte Fiffi.

Die Hexe würde bestimmt wieder auf sie losgehen, sobald sie das Buch zurück hatte, da war Fiffi sich sicher. Durch den Türspion konnte sie

beobachten, wie sich die Hexe draußen mit einem gemeinen Gesichtsausdruck die Hände rieb. »Gut, also bis morgen. Noch ist nichts verloren«, murmelte sie und knirschte leise mit den Zähnen.

Sie ging in den Aufzug und kommandierte: »RRR! Beim dreischwänzigen Teufel: Bring mich in den fünften Stock!« Der Aufzug fuhr gehorsam nach oben.

Fiffi legte das Große Schwarze Buch des Grauens auf den Wohnzimmertisch. Es qualmte so, dass sie sich mit Daumen und Zeigefinger die Nase zuhalten musste, während sie darin blätterte.

Auf einer Seite fand sie das Wort HEXE mit aufschlussreichen Angaben über diesen Beruf. Ein Abschnitt war besonders interessant:

> WIE MAN EINE HEXE BESIEGEN KANN
> *Um eine Hexe zu besiegen, genügt es, ihr den Besen oder das Schwarze Buch wegzunehmen. Ohne den Besen kann die Hexe an keinen andern Ort fliegen und auch niemanden verwandeln (siehe* BESEN*). Ohne ihr Schwarzes Buch kann die Hexe niemanden verzaubern (siehe* ZAUBER*).*

Fiffi schlug die Seiten um, bis sie auf das Wort ZAUBER stieß. Die Erklärungen übersprang sie. Sie wollte vor allem wissen, was man gegen einen Zauber tut, den eine Hexe gegen jemand schleudert. Aha, da stand es:

Jeder Mensch, der den Gegenspruch kennt, kann sich gegen einen Zauberspruch wehren. Wenn man den Gegenspruch sagt, verliert der Zauberspruch sofort seine Kraft und die Hexe ist besiegt.

Dann war da noch ein Zusatz:

Wichtig! Eine besiegte Hexe wird auf einen Schlag hundert Jahre älter! Und je älter sie ist, umso weniger Schaden kann sie anrichten.

Fiffi rieb sich die Hände. »Auf in den Kampf, du alte Ziege!«, rief sie.
Als sie sicher war, dass die abscheuliche Hexe noch in ihrer Mansarde steckte, ging sie aus der Wohnung. Das Große Schwarze Buch des Grauens hatte sie fest unter den Arm geklemmt. Es war schwer und unhandlich – schon allein deshalb ließen die Hexen es lieber zu Hause, anstatt es auf ihre Ausflüge mitzunehmen.
Fiffi schaute sich vorsichtig nach allen Seiten um und beeilte sich, die Treppe hinunterzukommen. Sie drückte auf den Knopf, mit dem man die Haustür öffnen konnte, lief auf die Straße und zum nahe gelegenen Kopiergeschäft. Als sie dort ankam, war sie ganz außer Atem. »Guten Tag! Puh … Kann ich … puh … Fotokopien machen? … Puh!«
»Guten Tag, Fiffi!«, sagte der Herr im Laden. Er kannte das Mädchen gut, weil er sonntagmorgens mit ihrem Vater Tennis spielte. »Was für Kopien möchtest du denn haben: normale, vergrößerte oder verkleinerte?«
»So kleine Kopien wie möglich«, antwortete Fiffi. »Ich möchte dieses Buch so kopieren, dass ich ein Heft daraus machen kann.«

»Sag mal«, bemerkte der Herr, »dein dickes Buch riecht nicht gerade nach Rosen! Und außerdem qualmt es!«
In dem Geschäft war Rauchen verboten. Aber der Geschäftsmann machte schon mal eine Ausnahme, wenn so ein wichtiges Buch kopiert werden sollte. Fiffi machte sich Seite für Seite an die Arbeit und hatte bald das Große Schwarze Buch

vollständig kopiert. Die Kopien konnte sie wie ein kleines Heft falten und in ihre Tasche stecken.

»Papa kommt heute Abend und bezahlt alles«, sagte sie.

»Aber ja«, stimmte der Herr zu, »das eilt nicht.«

Mit dem qualmenden Buch unterm Arm schlich Fiffi, dicht an die Mauern gedrückt, nach Hause. Ihre Vorsicht war berechtigt, denn die Hexe wartete tatsächlich schon im Hauseingang. Laut jaulte die Alte auf, als sie das Große Schwarze Buch sah!

Fiffi blieb stehen. Mit beiden Händen hielt sie das Buch fest und schwenkte es über einen offenen Gully. »Wenn du näher kommst, du alte Ziege«, drohte sie, »werfe ich das Buch in den Gully!«

»RRR! Beim dreischwänzigen Teufel!«, schrie die Hexe und wurde dann auf einmal ganz zahm.

»Zurück!«, befahl Fiffi. »Geh zurück oder ich lass es fallen!«

»Nein! RRR! Bitte tu das nicht!«

»Also geh zurück!«
»Ja! RRR! Ich geh ja schon!«
»Zurück ins Haus!«
»Ja!«
»Nimm den Aufzug und fahr in deine Wohnung!«
»Ja! RRR! Aber wirf bitte das Buch nicht weg!«
»Tu, was ich dir befehle! Geh zurück! Geh zum Aufzug und lass dich nach oben zu deiner Wohnung fahren!«
»Ja! RRR! Ja!«
»Los! Beeil dich!«
»Ja! Aber bitte, bitte! Wirf das Große Buch nicht weg!«
Schritt für Schritt wich die Hexe zurück. Fiffi folgte ihr vorsichtig und beobachtete, wie sie ins Haus und zum Aufzug ging.
»Fahr nach oben zu deiner Wohnung, du alte Ziege!«, befahl Fiffi. »Ich lege das Große Buch vor unsere Tür, dann kannst du es nachher abholen.«
Die Hexe blieb voller Hoffnung stehen. Ihre Augen funkelten vor Bosheit. »Ehrenwort? Schwörst du es?«, fragte sie lauernd. »Du lässt das Große Buch vor deiner Wohnungstür liegen?«

»Ja. Hau ab! Geh in den Aufzug!«
»RRR! Ja, ja! Ich gehorche ja schon!« Die Hexe betrat den Aufzug.
»Lass dich jetzt zum fünften Stock fahren«, sagte das Mädchen.
»RRR! Ja! RRR! Beim dreischwänzigen Teufel: Fahr mich in den fünften Stock!« Die Aufzugstür schloss sich und der Aufzug fuhr mit einem unwilligen Brummen nach oben.
Die Hexe wird sicher gleich wieder runterlaufen, wenn sie im fünften Stock angekommen ist, sagte sich Fiffi. Ohne auch nur eine Sekunde zu verlieren, sprang sie darum die Treppe hinauf zu ihrer Wohnung, schloss die Tür auf und huschte hinein, nachdem sie das Buch wie versprochen im Hausflur auf den Boden gelegt hatte.

Sie schob den Riegel vor und hängte die Kette ein. Vom Heraufrennen war sie ganz außer Puste. Sie lehnte sich an die Wand und holte tief Luft. Dabei spitzte sie die Ohren: Der Aufzug fuhr herunter; die Aufzugstür ging auf; die Hexe war wieder da. Mit einem riesigen Freudenschrei stürzte sie sich auf das Buch.

Durch den Türspion sah das Mädchen, wie die schreckliche Alte ihr qualmendes Buch umarmte und mit ihm auf dem Treppenabsatz he-

rumtanzte. Dann aber machte sie sich gleich daran, in den Seiten zu blättern. Ihr Gesicht nahm dabei einen teuflischen Ausdruck an.
»Also los, alte Schachtel!«, flüsterte Fiffi und zog das Heft mit den Fotokopien aus der Tasche.
Draußen suchte die Hexe nach dem Zauberspruch, mit dem sie sich in einen Drachen verwandeln konnte. Das war leicht zu erraten, denn sie murmelte vor sich hin: »RRR! Drache, Drache, das beginnt mit D, und D kommt nach C, Drache …« Dabei lachte sie höhnisch.
Fiffi blätterte währenddessen schnell in ihrem Heft, bis sie zum Kapitel DRACHE kam. Sie fand es früher als die Hexe, da sie das Alphabet im Schlaf beherrschte. Dann wartete sie ab.
Die Hexe hatte sich auf dem Treppenabsatz hingekauert. Ihr Rücken schwoll an, während sie die sonderbaren Worte des Zauberspruchs vor sich hin murmelte, und nach und nach verwandelte sie sich: Ihre Haut lief grünlich an, sie wurde immer dicker und ihr Gesicht wuchs zu einer langen, schrecklichen Schnauze, aus der spitze Reißzähne herausragten. Gleichzeitig dehnte sich ihr Rücken zu einem

riesigen Körper mit einem langen Schwanz, der auf vier mächtigen Pfoten mit scharfen Krallen ruhte.
Fiffi staunte nicht schlecht, als sie das riesige, schnaubende Tier mit der höckerigen, klebrigen Haut sah. Die Verwandlung der Hexe war vollendet. Jetzt musste sie nur noch ein paar Worte sagen und Feuer auf die Tür spucken, um sie anzuzünden und zu verbrennen.
Fiffi hörte, wie sie beschwörend die letzten Worte des Zauberspruchs sagte: »Abrakadabra, verbrenn das alles!«
»BrakadabraA! Die Feuerwehr ist da!«, rief das

Mädchen ohne Zögern den Gegenspruch, den sie in ihrem Heft gelesen hatte.
»Aauuhhh!« Der Drache stieß einen Schmerzensschrei aus. Es war so, als ob ihn jemand erstochen oder mit kochendem Öl übergossen hätte! Er wälzte sich auf dem Boden. Sein schreckliches Maul klappte zusammen, die schuppige Haut löste sich auf, der Schwanz und

die Pfoten verschwanden. Und bald war das abscheuliche Untier wieder zur Hexe geworden. Die heulte und kroch auf dem Boden herum. Als nichts mehr von dem Drachen übrig war, versuchte sie aufzustehen. Aber sie hatte Schwierigkeiten, sich auf den Beinen zu halten, denn so wie es im Großen Buch stand, war das Scheusal eben gerade hundert Jahre älter geworden: Fiffi hatte sie besiegt!

Nun machen hundert Jahre für Hexen nicht so viel aus, da sie leicht um die zweitausend Jahre alt werden können. Aber an der armen Hexe war die Niederlage nicht spurlos vorbeigegangen, denn sie war schon vorher nicht mehr gerade die Jüngste gewesen. Ihre Haut war nun runzlig wie eine alte Kartoffel. Nur mit Mühe konnte sie das Große Schwarze Buch des Grauens aufheben. Sie verstand nicht, was passiert war, und glaubte, Fiffi hätte das Buch beschädigt.

»RRR! Bei Luzifer!«, sagte sie mit zitternder Stimme. »Diese miese Göre hat mein Großes Heiliges Buch der Hexerei kaputtgemacht!«

Da sie auf einmal so viel älter geworden war, hatte sie einige Vorderzähne eingebüßt und nuschelte fürchterlich. Das klang dann ungefähr

so: »Bei Lufifer! Diefe miefe Göre hat mein Grofef Heiligef Buch der Hexerei ferftört!«
Sie blätterte darin herum und starrte ungläubig auf die feurigen Zeichen. Sie untersuchte das Buch genau, konnte aber nichts Ungewöhnliches entdecken. Sie sprach mit sich selbst und runzelte dabei die Stirn. »Ich werde einen anderen Verfuch machen! Probieren wir daf: Ich werde mich fofort in eine Mauf verwandeln und unter der Tür durchkriechen! Und fo kann ich dann endlich diefef Miftvieh von einer Rotfnafe freffen!«
Sie schlug im Großen Buch die Seite MAUS auf.
Aber Fiffi war ihr zuvorgekommen und hatte wieder als Erste die Seite gefunden. Kaum nahm die Hexe ihre Verwandlung in Angriff, da sprach Fiffi schon die Gegenformel: Die Maus krümmte sich auf dem Fußboden, als hätte sie fürchterliche Bauchschmerzen. Sie wurde wieder zur Hexe und die war auch wieder hundert Jahre älter geworden!
Sie war so schwach, dass sie sich am Treppengeländer festhalten musste. Ihr Gesicht war eingeschrumpft wie ein altes Stück Leder. Die arme

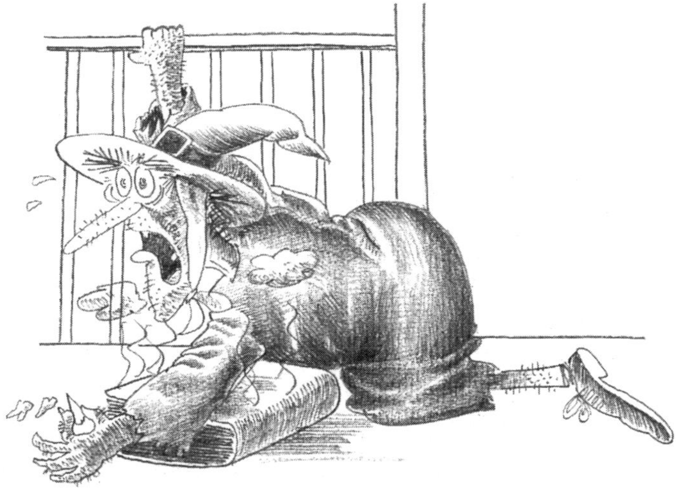

Alte hatte noch drei weitere Zähne verloren, und als sie die auf dem Treppenabsatz zusammensuchte, schluchzte sie: »Auh! Beim dreifwänfigen Teufel: Waf ift blof paffiert? Ich habe alle meine Fneidefähne verloren!«
Ihr wurde schlecht und schwindlig und ihre Beine zitterten. Die Hexe hatte alle Mühe, sich zu bücken und nach dem Großen Schwarzen Buch zu greifen. Nur unter Schmerzen konnte sie es aufheben, es war zu schwer für sie geworden. Schließlich gelang es ihr, das Buch an ihr Herz zu drücken, wobei sie wie ein krankes Baby wimmerte.

Müde und gekrümmt vom hohen Alter, schlich sie zum Aufzug. Es war klar: Sie gab den Kampf auf und zog es vor, in ihrer Mansarde zu verschwinden.
Mit zitternder Stimme sagte sie wie eine alte Großmutter (nur nicht so liebenswürdig): »Auffug, du Aufgeburt der Hölle: Geh fofort auf!«
Aber darauf war Fiffi schon vorbereitet. Sie hatte ihr Heft durchgeblättert und die Seite AUFZUG aufgeschlagen – was natürlich ziemlich vorn stand.
Schnell sprach sie den Gegenspruch: »Aufzug!

Beim dreischwänzigen Teufel: Deine Tür muss geschlossen bleiben!«
Und die Tür ging nicht auf. Die Hexe stieß einen langen, enttäuschten Klagelaut aus. Noch einmal war sie hundert Jahre älter geworden, da Fiffi sie wieder bezwungen hatte – und das zum dritten Mal in wenigen Minuten. Geplagt von Rheumatismus, humpelte sie davon und ließ das Buch fallen. Sie war völlig erschöpft und atmete schwer. Um an ihr kostbares, böses Buch zu kommen, musste sie sich bücken und sich auf den Fußboden knien. Nur mühsam und mit großen Pausen konnte sie sich wieder aufrichten: Erst streckte sie die Beine, dann die Hüfte und dann den Rücken.
Da sie den Fahrstuhl nicht benutzen durfte, machte sie sich notgedrungen zu Fuß auf den Weg nach oben. Auf allen vieren zog sie sich die Stufen empor. Sie brauchte lange, bis sie ihren Schlupfwinkel im fünften Stock erreicht hatte. Dort schloss sie sich ein.
Sie dürfte immer noch in ihrem Dachkämmerchen sein und sich Kräutertee aufgießen – jedenfalls hat man sie im Haus nie mehr gesehen.

Das Heft mit den Fotokopien hob Fiffi vorsichtshalber auf. Man kann ja nie wissen.
Sollte die Hexe bei euch auftauchen, sagt Fiffi sofort Bescheid!